MADAME

BASCANS

1801 — 1878

Aux anciennes Élèves et à tous les Amis

de

MADAME BASCANS

MADAME

BASCANS

1801 — 1878

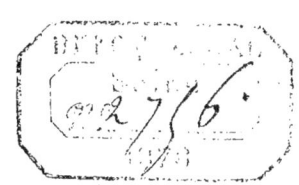

PARIS

IMPRIMERIE D. JOUAUST

RUE SAINT-HONORÉ, 338

MADAME BASCANS

ADAME BASCANS, née Sophie-Victoire Lagut, le 14 février 1801, à Dôle (Jura), est décédée à Neuilly-sur-Seine le 22 janvier 1878.

Sa vie presque tout entière avait été consacrée à l'enseignement. Encore bien jeune, elle avait fondé la maison d'éducation de jeunes filles qui porte toujours son nom et qui a eu tant de notoriété à Chaillot, puis à Neuilly-sur-Seine, où elle l'avait transportée en 1858. Pendant près de quarante ans, Mme Bascans dirigea cette maison, où les enfants des meilleures familles furent successivement élevées. Elle en quitta la direction en 1862, la laissant entre les mains de deux personnes d'élite, qui ont aussi accru sa prospérité.

Retirée dans la petite maison qu'elle avait fait élever à la porte même de son ancien pensionnat, Mme Bascans eut donc cette noble joie de voir grandir encore sous ses yeux l'établissement qu'elle avait créé. Elle vécut près de seize ans dans cette retraite, si justement méritée, entourée de ses enfants et de ses petits-enfants. Bien qu'un grand deuil soit venu désoler les dernières années de sa vie, elle a cependant terminé sa belle et longue existence aussi heureuse qu'on peut l'être ici-bas, et elle a emporté les regrets de tous ceux qui l'ont appréciée et connue.

Ses obsèques ont été célébrées à Neuilly, le 24 janvier 1878, au milieu d'un grand concours d'amis. Au moment où les restes de Mme Bascans allaient quitter pour toujours la chère demeure qu'elle affectionnait tant, un ami de ses enfants, auquel de vieux souvenirs de jeunesse et de famille l'avaient elle-même attachée, M. Hippolyte Maze, professeur d'histoire au lycée Fontanes, a bien voulu résumer dans une courte et touchante allocution cette vie si bien remplie, et dire à Mme Bascans, au nom de tous les siens, au nom de ses anciennes élèves, au nom de tous ses amis, un dernier et suprême adieu.

ALLOCUTION

PRONONCÉE

PAR M. HIPPOLYTE MAZE

Professeur d'histoire au Lycée Fontanes

Aux obsèques de Madame Bascans [1]

MESDAMES, MESSIEURS,

LA famille et les amis les plus intimes de Mme Bascans ont cru qu'un dernier hommage devait être rendu publiquement à sa mémoire dans ce triste jour ; je m'acquitte en leur nom de ce pieux devoir.

[1] C'est dans le salon même de Mme Bascans, et avant le départ du convoi pour l'église, que cette allocution a été prononcée.

Nous nous sentons tous sincèrement, profondément émus, en disant adieu à la femme d'esprit et de cœur qui exerça sur tant de générations une salutaire influence, qui forma tant de nos sœurs, de nos femmes, de nos filles! Sa vie ne fut qu'un apostolat... A dix-sept ans, elle professait déjà, et son enseignement était remarqué par de bons juges; à vingt-quatre, elle relevait la fortune d'une institution à laquelle elle semblait ne prêter que le plus modeste concours; à soixante, elle dirigeait encore d'une main sûre la grande maison qu'elle avait fondée à son tour, qui lui survit et où durent, où dureront ses fortes traditions.

Ce qu'elle apporta de qualités éminentes dans son œuvre, vous le savez: la plus belle et la plus large intelligence, un savoir réel, étendu, varié; du goût pour toutes les choses capables d'élever l'âme humaine, la fermeté, la discrétion, si nécessaire quand on reçoit de tant de côtés tant de confidences sacrées; la gravité bienveillante, la triple

autorité du talent, du caractère et de la personne ;
le sentiment profond, — ce n'est pas assez dire, —
la passion du devoir. Toujours la première levée,
la dernière au travail, nous disait hier encore une
de ses élèves, elle remplissait, elle animait la
maison de sa présence. Même invisible, même
absente, elle y eût maintenu l'ordre et la règle.
Personne, croyons-nous, en ce siècle, n'a mis au
service de l'éducation des femmes et des redouta-
bles problèmes qu'elle comporte plus de clair-
voyance, plus de dévouement et j'ajoute plus
de désintéressement ; elle répugnait à tout ce qui
peut sentir le métier dans la noble tâche de l'enseignement. Combien de fois les portes de son
institution se sont-elles ouvertes pour de tou-
chantes infortunes ! combien de fois l'excellente
directrice et le confident unique de ses bonnes
œuvres, son mari, allèrent-ils au-devant de familles intéressantes, donnèrent-ils spontanément,
largement, à des enfants sans ressources, l'éducation la plus complète ! On peut dire que Mme et

2

M. Bascans furent parfois généreux jusqu'à la témérité.

Notre amie ne limitait point sa mission au temps que ses élèves passaient sous sa direction immédiate : elle étendait volontairement son bienveillant patronage à leur vie entière; elle avait en quelque sorte reculé les bornes de sa famille pour y faire entrer ses élèves, ses collaborateurs, tous ceux qui, à un titre quelconque, avaient secondé son apostolat. Leurs joies, leurs succès, mais surtout leurs douleurs, leurs misères morales ou matérielles, retentissaient profondément dans son cœur; sa maison, sa table, sa bourse, leur étaient incessamment ouvertes. La dernière fois qu'elle put véritablement causer avec moi, ce fut pour m'entretenir, les larmes aux yeux, de deux « anciennes élèves », comme elle disait tendrement. Déjà bien souffrante, bien abattue, au lendemain d'une crise qui avait failli être la dernière, et presque entre les bras de la mort, elle ne retrouva d'élan que pour me parler de ces chères protégées, de leurs mérites, de leurs tristesses ; pour me recommander leurs travaux et leurs enfants. Nous étions touchés de la façon délicate dont elle cherchait à les consoler, de l'ardeur qu'elle mettait à solliciter en leur faveur le concours de ses amis. Nous n'oublierons jamais ce suprême entretien, dans lequel Mme Bascans s'était encore révélée tout entière !

Jusqu'en ces derniers temps notre vénérable amie semblait avoir gardé son activité intellectuelle, sa riche mémoire ; elle recevait toujours avec bonté, avec grâce. Qui de vous l'ignore ? son modeste salon était de ceux où l'on peut causer et lire ; elle conservait sa passion pour les choses de l'esprit, pour les arts, spécialement pour ce grand art musical auquel elle avait donné jadis une large place dans ses loisirs, et vers lequel elle avait si heureusement, si brillamment tourné sa seconde fille ; elle accueillait les *jeunes* avec sympathie, quand elle les savait modestes, laborieux, distingués. Nous aimions à l'entendre parler du siècle qu'elle avait traversé, puisqu'elle était née avec lui, de tant de choses intéressantes, de tant de personnes célèbres qu'elle avait bien connues. Il y avait du charme et comme de la mélodie dans sa voix; on reconnaissait sans peine le ravissant organe dont ses élèves gardent un souvenir enchanteur; sa conversation était pleine de finesse, d'enjouement, parfois de douce malice, aussi éloignée de la trivialité que de la prétention. Elle s'animait volontiers au souvenir du rôle qu'elle avait joué dans la haute société parisienne; elle parlait avec émotion, avec chaleur, des récentes épreuves de la patrie et de son relèvement. Nous la verrons toujours assise dans son grand fauteuil, au fond de cette chambre d'où elle ne sortait plus guère, mais d'où elle continuait à diriger sévèrement et scrupuleusement sa maison, présidant à nos réunions intimes, mêlant souvent à nos causeries un trait piquant, un fortifiant exemple; souriante et cependant grave, commandant le respect, inspirant la sympathie. Elle

écrivait encore agréablement et savait — je l'ai
senti mieux que personne — faire passer son cœur
dans de laconiques billets, quand elle s'adressait
à des amis cruellement éprouvés ; sa main seule
commençait à trahir sa plume, et elle s'en excusait
avec esprit. Elle sentait venir sa fin, et elle cherchait peut-être à se faire quelque illusion en gou-
vernant son entourage, jusque dans les détails,
avec la même autorité qu'elle avait jadis étendue
à tous les services d'une grande institution. Le
temps faisait son œuvre cependant : la flamme
qui jadis avait brillé d'un vif éclat pâlissait peu à
peu. Disons-le aussi, Mme Bascans était restée
inconsolable de deux grandes pertes.

Au moment de s'installer dans cette petite et
charmante maison de Neuilly, à l'heure même
où elle allait commencer à y goûter un peu de repos, notre amie avait vu mourir le cher compa-
gnon de ses luttes et de ses triomphes, son excel-
lent mari, Bascans, le brillant polémiste, le cou-
rageux rédacteur de la *Tribune*, du *National*, de

la *Revue républicaine*, sous le gouvernement de Juillet, qui, après avoir joué chaque jour, pendant dix ans, sa liberté, sa vie même, pour la défense de ses convictions politiques, était venu mettre au service de l'institution fondée par sa femme une âme de feu, une éloquence entraînante, le talent le plus sympathique. Lui aussi avait bien mérité le repos : il ne le trouva que dans la tombe[1]! On juge de la douleur de Mme Bascans! Elle n'était cependant pas au bout de ses épreuves : bientôt elle vit disparaître sa fille aînée, son Émilie, sa plus remarquable élève, personne accomplie, ravie trop tôt à l'affection, à l'admiration même de tous ceux qui l'ont connue !

De telles plaies ne se cicatrisent jamais : aussi s'inquiétait-on, non sans raison, chaque hiver, autour de notre amie, du retour des tristes anniversaires ; et voici que, par une étrange coïncidence, nous la conduisons à sa dernière demeure

[1] M. Bascans est mort à Neuilly le 31 décembre 1861.

dans ce terrible mois de janvier, comme vous y avez conduit, il y a seize ans, son mari, et, il y a dix ans, presque jour pour jour, son Émilie[1]!

La vieillesse de Mme Bascans fut du moins adoucie par le dévouement de sa seconde fille, qui, sans manquer à ses autres devoirs, lui consacrait pourtant le meilleur de son temps et de sa vie; par la présence de quatre petits-enfants adorés, par les soins, les attentions d'un gendre devenu pour elle un véritable fils. Dieu lui a donné une fin calme et douce, entre les bras de ces êtres si chers, parmi ses amis, dans cette maison qu'elle aimait, où elle se plaisait à vous réunir, et où tous vous avez voulu venir la saluer une dernière fois. Elle laisse une mémoire vénérée, le souvenir de bonnes actions sans nombre. Ce sont là des consolations pour sa famille et pour nous; mais il en est d'autres encore... De telles existences

[1] Mlle Émilie Bascans est morte à Neuilly le 23 janvier 1868.

doivent raffermir nos croyances spiritualistes :
une si belle intelligence, une si belle âme, ne sau-
raient tomber dans le néant; elles ne peuvent
quitter la terre que pour entrer dans une vie
meilleure.

5684. — Imp. Jouaust.

178

www.ingramcontent.com/pod-product-compliance
Lightning Source LLC
Chambersburg PA
CBHW061608180626
46818CB00005B/2006